COLECCIÓN ME GUSTA
Los libros de la Mujer Rota

Los Libros de la Mujer Rota

COLECCIÓN ME GUSTA
Los libros de la Mujer Rota

QUILTRAS
ARELIS URIBE

| DÉCIMO LIBRO DE LOS LIBROS DE LA MUJER ROTA |

Primera edición: LOS LIBROS DE LA MUJER ROTA, noviembre de 2016
© ARELIS URIBE
© LOS LIBROS DE LA MUJER ROTA

MAQUETACIÓN Y DISEÑO: María Cristina Adasme
EDICIÓN: Claudia Apablaza
RETRATO DEL AUTOR: Fernanda Soto Mastrantonio
REGISTRO DE PROPIEDAD INTELECTUAL: A-265-438
I.S.B.N.: 978-956-9648-09-0

www.loslibrosdelamujerrota.com
TWITTER: @LLdelamujerrota
EMAIL: info@loslibrosdelamujerrota.com
INSTAGRAM: @loslibrosdelamujerrota
Quirihue 49, Ñuñoa, Santiago, Chile
TELÉFONO: 0056-9-63509424

QUILTRAS
ARELIS URIBE

Yo no hablo inglés
vivo en un barrio que no es burgués.

SUPERNOVA

CIUDAD DESCONOCIDA

Cuando chica con mi prima nos dábamos besos. Jugábamos a las barbies, a la comidita con tierra o a las palmas. Me quedaba en su casa fin de semana por medio. Dormíamos en su cama. A veces nos sacábamos la camiseta del piyama y jugábamos a juntar nuestros pezones, que en esa época eran apenas dos manchones rosados sobre un torso plano. Con mi prima estuvimos juntas desde siempre. Nuestras mamás se embarazaron con dos meses de distancia. Nos dieron pechuga juntas, nos quitaron los pañales juntas, nos dio la peste cristal juntas. Era casi obvio que cuando grandes íbamos a compartir una casa y jugaríamos a la comidita y a las muñecas, pero de la vida real. Creía que íbamos a ser ella y yo, siempre. Pero los adultos corrompen las cosas.

En la familia de mi mamá eran siete hermanos. Tres hombres y cuatro mujeres. Los hombres vivían como los hermanos que eran. Habían estudiado ingeniería en la misma universidad, les gustaba el mismo equipo de fútbol y se juntaban a hablar de vinos y relojes. Las cuatro mujeres eran un caos. Una se fue a trabajar a Puerto Montt. Con suerte la veíamos para navidad. Otra se fue siguiendo a un pololo y ahora tenía muchos hijos y vivía en Australia. Casi no existía. Las dos que quedaban –mi mamá y la mamá de mi prima, mi tía Nena– eran esposas de hombres brutos. Mi papá era una bestia y también el papá de mi prima. De esa gente que se cura para año nuevo y hace llorar a los demás. Nunca vi a los siete hermanos reunidos. A veces nos encontrábamos en los funerales o cuando los abuelos celebraban un aniversario. Una vez fuimos a la parcela de uno de los tíos y en el patio había pavos reales. En nuestra casa apenas cabía la Pandora, una quiltra enorme que mataba a los gatos de los vecinos. Nunca entendí por qué vivíamos tan diferente, si éramos de la misma familia.

Mi mamá y mi tía Nena se parecían, por eso eran amigas. La gente tiende a ordenarse con los de su tipo, en una segregación voluntaria, como el reciclaje o las donaciones de sangre. Hasta que un día, no recuerdo por qué, se enojaron. Quizá fue porque mi mamá le pidió plata y no se la pagó. Quizá porque mi tía vino a almorzar y dijo algo malo sobre la comida. No sé, pero se enojaron y pasó lo que sucedía en una familia como la mía: en vez de resolver los problemas, dejaron de hablarse. Supongo que era una tregua, un acto de fe. Confiaban en que el silencio esfumaría las penas, que al dejar de nombrarlas también dejarían de existir.

A mi prima y a mí nos pasó la distancia por rebote. Lo último importante que alcanzamos a compartir fue que nos llegó la regla casi al mismo tiempo. No sé de dónde ella había sacado un libro que explicaba todo. Tenía dibujos de un hombre y una mujer sin ropa. Lo leímos. Fue la primera vez que nos tocamos así. Revisamos si teníamos pelos. Estábamos solas en su casa. Esa tarde llegó mi mamá a buscarme. Se gritó con mi tía Nena por algo que no entendí y no volvimos de visita nunca más.

Al principio, seguí yendo a sus cumpleaños. Me iba sola en micro porque mi mamá no quería ni acercarse a la casa de la tía Nena. También la llamaba por teléfono o nos enviábamos cartas por correo. El distanciamiento fue de a poco. Me pasaron cosas importantes y no se las conté. Tuve un pololo, me metí con su amigo, quedé repitiendo, hospitalizaron a mi hermano chico, estudié cuarto medio en la nocturna. Quizá igual lo supo, porque en las familias esos cahuines circulan. Yo supe que ganó un concurso literario, que sus papás se separaron, que tuvo yeso en una pierna y que se salió de los scouts porque un jefe la tocó. También supe cuando entró a Periodismo en la Chile. Era la prima mayor y la noticia se esparció rápido. Mis tíos estaban orgullosos de que la niña de la Nena hubiera entrado a *su* universidad. Mi tata vociferaba porque al fin iba a haber una verdadera intelectual en la familia. Se la imaginaba como una reportera de la corte suprema o algo así.

Salí de cuarto medio y empecé un preuniversitario. Trabajaba en una confitería para pagarlo. La gente me daba ánimo, como si hubiera perdido un brazo y con mi esfuerzo lo pudiera recuperar. Como si mi invalidez fuera ser demasiado torpe. No le dije a nadie y le pagué a la profe de matemáticas y a la de lenguaje de mi liceo para que me reforzaran. Lo único que quería era quedar en la Chile, no me importaba qué carrera. Quería demostrarle a la gente que podía. Y pude: entré a Filosofía. Tenía veinte años, era la más vieja. Había que leer muchísimo. No me gustó, pero me propuse no echarme ramos y terminar como fuera.

Yo sabía que estudiaba en el mismo campus que mi prima. A veces quería encontrarme con ella. Otras, me daba terror sólo pensarlo. Un viernes estábamos tomando en el pasto y la vi pasar. Estaba preciosa. El pelo negro y liso hasta la cintura, su cara morena y tersa, una tenida hippie que le dejaba el abdomen al aire. Le hablé. Nos abrazamos fuerte. Nuestros pechos se juntaron como cuando éramos chicas. Me invitó con su grupo y la seguí. Fumamos marihuana y le contamos a la gente las tonteras que hacíamos a los diez años. De la vez que le preparamos una coreografía de Michael Jackson a su papá para su cumpleaños. Del año en que traficamos láminas del álbum de Sailor Moon en catequesis. Del verano en que creamos un club ecológico que cortaba árboles vivos para conservar sus ramas a las generaciones del futuro. La miraba reírse, sus dientes, sus ojos que me buscaban cómplice, igual como cuando una va a la disco y mira a un tipo que la mira de vuelta y una sabe y él sabe que nos miramos y por qué nos miramos.

Después de esa noche, fue como si nos correteáramos. Me la encontré mucho. En la biblioteca de humanidades, en el casino, en los pastos. Siempre era igual, hablábamos de cuando éramos chicas y de algunas cosas de la U. No hablábamos de nuestras mamás, ni de los tíos futboleros, ni de lo enfermo que estaba el tata en esa época. Como si nuestra familia fuera solamente lo que pasó hasta el día en que la tía Nena se gritó con mi mamá, en un quiebre que marcaba un antes y un después tan irreversible como el nacimiento de Cristo o la invención de la escritura.

El segundo semestre coincidimos en un seminario. Eran ocho clases y la vi en la primera. Estaba sentada con un tipo alto y rubio que la tenía abrazada. Me senté al lado, porque no conocía a nadie más y para marcar territorio, como los perros. Como la Pandora, que le gruñe a la gente que pasa por afuera de mi casa. El seminario era sobre América Latina. Cada semana iba un experto de un país distinto y hablaba. Lo mejor era que después de la última clase íbamos a viajar a Bolivia. La profe coordinadora quería que la experiencia fuera práctica. Iríamos a confirmar que los bolivianos eran personas reales y no detalles de un libro o una masa enajenada que en el 1800 se había aliado con Perú para hacer sucumbir al más desagradable de sus vecinos.

Con el taller concluí que si América del Sur fuera un barrio, Chile sería el vecino arribista que se compra un auto grande y un perro muy chico y usa mucho la chequera y la tarjeta de crédito. Mi prima lo comparaba con El Chavo y decía que Chile era el Quico del cono sur. Yo no lo decía pero pensaba en nuestra familia y sentía que mis tíos eran Chile y su mamá y la mía eran los países perdedores o una mezcla entre Doña Florinda y Don Ramón: dueñas de casa miserables, que nunca podían pagar la renta.

Con mi prima hablábamos del viaje a Bolivia. Ella propuso que nos fuéramos una semana antes y nos quedáramos a dormir en la casa de una amiga que había conocido en un encuentro de poesía. Nos conseguimos plata con los tatas, la U nos dio una especie de viático y pusimos todos nuestros ahorros. Mi prima conocía Perú, para mí era la primera vez fuera de Chile. Viajamos en bus y entramos a La Paz de madrugada. Corrí la cortina y miré por la ventana. Lo que más me llamó la atención fue la publicidad. Había carteles que vendían celulares con nombres de compañías que nunca había visto. Es obvio que en cada país las empresas se llaman distinto –una lo ve hasta en los comerciales del cable, el detergente Omo se llama Ala en Argentina– pero me impactó constatarlo. Me impresionó sentirme un cuerpo extraño, descubrir que mis códigos ya no eran válidos ahí, aunque compartiéramos la misma lengua y el mismo rincón de continente.

Llegamos a la casa de la amiga boliviana. Quedaba al lado de la embajada de Estados Unidos. Era un edificio antiguo.

El departamento estaba en el cuarto piso y tenía piso de parqué, tres dormitorios amplios y una especie de patio. Había un librero enorme lleno de libros con autores que no conocía. Los muebles parecían del siglo pasado, como los que venden en el Persa Biobío: heredados, finos, aparatosos. La amiga nos mostró la que sería nuestra pieza y tiramos los sacos de dormir en el suelo. Venía muerta. Me dormí en cuanto apoyé la cabeza en la almohada hechiza que me armé con un chaleco y un pantalón.

Al otro día despertamos tarde, Jessica —así se llamaba la amiga— ya se había ido al trabajo. Salimos a conocer. El barrio era muy verde y con casonas enormes. Similar a la Ñuñoa que rodea al campus Juan Gómez Millas. No me imaginaba que hubiera lugares así en Bolivia. Avanzamos hacia el centro y empezaron a aparecer las otras casas, las que hubiéramos habitado nosotras si hubiéramos nacido bolivianas. Parecían favelas brasileñas: muchas cajitas de ladrillo desnudo, montadas una arriba de la otra, cubriendo la montaña. Pensé que Valparaíso era lo mismo, pero que con la pintura de colores pasaba desapercibida la miseria.

Pasamos a un cibercafé. Cada una llamó a su mamá. No dijimos que andábamos juntas. Revisamos el mail, leímos un poco el diario. Luego, ella llamó al abuelo, le avisó que estábamos bien y le recordó que por favor no comentara nada. Mi tata —tan tierno cuando estaba vivo— dijo que sí, que estaba con nosotras, que las hijas no tenían por qué meterse en los asuntos de las nietas.

Seguimos recorriendo y entramos al mercado. Comimos una especie de cazuela. Nos costó como quinientos pesos chilenos. Ni en la universidad habíamos comido tan barato. Caminamos para bajar el almuerzo. En la calle vimos chicos con el rostro encapuchado, que lustraban zapatos. Vimos mujeres indígenas cargando a sus hijos en sus hombros, como canguros hembra que evolucionaron para acarrear y proteger a sus crías por más tiempo. Vimos pies descalzos, policías conversando relajados y niñas de ojos rasgados, con las mejillas más rojas y curtidas de este territorio imposible.

Esa noche, Jessica nos preparó mate de coca y nos sentamos en su terraza a fumar. Supe que trabajaba de profesora de lenguaje en un colegio privado que aplicaba el método Montessori. Supe qué era el método Montessori. Supe que Jessica era de las Jessicas que tienen apellidos en inglés. Supe que en su familia había un tío senador y una prima que había sido Miss Bolivia.

Jessica nos invitó a la casa de su novio. Llegamos a una especie de fiesta llena de blancos en un departamento tan grande como el de Jessica. La gente estudiaba o había estudiado en la Universidad Católica de Bolivia. Había vino y cortes de zapallo crudo que se untaban en una crema ácida. Probé la Paceña y una fruta dulce rellena con queso. Cosas que no comía ni en la casa de los tíos. Un tipo escuchó que éramos chilenas y dijo tienen que escuchar esta historia. Dijo: esto le pasó a dos amigos chilenos en un club de putas, de esos del centro de Santiago, con los vidrios pintados de negro. Pidieron dos tragos baratos. Uno miraba tetas y el otro, culos. Vino la "hora feliz" —hizo las comillas con las manos— y este chileno pendejo fanático de las tetas enormes hundió la nariz en el escote de la moza. Cuando salió, tenía la boca llena de galletas molidas.

Nos reímos. Era una anécdota cerda y las historias vomitivas siempre son chistosas.

La gente se entusiasmó y salieron varios relatos indecentes. Yo no tenía ninguno, pero mi prima sí y lo contó. Dijo: una vez con los scouts fuimos a Machu Picchu. En ese viaje pasaron varias cosas sucias –cortó la frase con un suspiro largo y preocupado, luego siguió– les voy a contar la que pasó en un bus. Desde Cuzco a las ruinas hay que subir por las montañas. El camino es de tierra, lleno de curvas cerradas, bordeando un precipicio. Pagamos el transporte más barato, unos furgones con los asientos perdiendo el relleno, que olían a cité. El servicio te pasaba a buscar a las seis y media de la mañana al camping. La noche anterior, los jefes habían salido a comer y, aunque era tabú, a tomar. El encargado de mi unidad era el jefe Carlos, demasiado gordo y amante del pisco para ser scout. Nos subimos a la van y como era tan temprano, me quedé dormida altiro. Para que no se me hincharan los pies, me saqué las zapatillas, las dejé en el suelo, al lado de la mochila con mi almuerzo, y me ovillé en el asiento. Soñé con las bocanadas rabiosas de un puma que me perseguía en el Huayna Picchu. Sus gritos eran tan fuertes que me desperté. Sentí un olor agrio, a descompuesto. Debajo de mis pies corría un líquido anaranjado, que había alcanzado mis zapatillas y mi mochila. Tomé mis zapatos, los cordones goteaban. Miré hacia atrás y descubrí que los rugidos eran reales. No provenían de un puma, sino del jefe Carlos. Había tomado tanto la noche anterior, que cuando la camioneta empezó a zigzaguear por los cerros, su cuerpo devolvió todo. Fue asqueroso, el jefe Carlos era asqueroso.

Cuando mi prima terminó su historia, las risas del público, más que alegres, fueron incómodas, padecientes. La cara de mi prima también se opacó. Me dieron ganas de abrazarla, de haber estado con ella en ese viaje. Me fijé en su clavícula y quise olerla. Tocar su abdomen con la punta de mi nariz. La miré con ojos de galán de discoteque y ella me guiñó de vuelta. Quise que existiera esa casa en la que se suponía íbamos a vivir. Que esa noche volviéramos a dormir con el cuerpo pegado. Que me contara sus secretos tirándome en la cara su respiración.

A esa altura de la noche, Jessica estaba súper curada. Preguntó, ¿quieren escuchar algo de verdad inmundo? No esperó que le respondiéramos (yo quería decir que no) y empezó a contar. Su abuelo había sido un importante militar boliviano, condecorado con medallas y con la inscripción de su nombre en los libros de historia. Su mayor orgullo — dijo Jessica— es que fue el que mandó a matar al Che. No recuerdo si dijo "El Che" o "Ernesto Che Guevara" o "El

Comandante Che Guevara", pero sí recuerdo el silencio de mierda que vino después. Nunca supe si era la primera vez que le contaba a sus amigos o no. Tras unos segundos, que fueron tan intensos como cuando se escucha una canción por primera vez, Jessica quebró el silencio, y dijo: pero lo realmente repugnante es que en mi familia nunca hablamos de esto.

La frase me mató. Lo más repugnante es que en mi familia nunca hablamos de esto. Digerí las palabras y miré a mi prima. Las dos estábamos pensando en lo mismo, en lo putrefacto y virulento de los secretos familiares silenciados.

Después de la historia de Jessica, la reunión empezó a desinflarse y la gente empezó a despedirse. Jessica dijo que quería dormir con su pololo y nos pasó las llaves de su departamento. Caminamos de madrugada, solas y tomadas de la mano, por las calles de una ciudad desconocida. Veníamos mareadas, pero extrañamente alegres. Nos reíamos de cualquier estupidez que se nos cruzaba en el camino. Un cartel de comida china con la foto de su dueño impresa, un teléfono público demasiado chico, la copa de un árbol que se parecía a la cabeza de mi papá.

Llegamos al departamento y nos acostamos en los sacos tirados en el suelo. Mi prima se acurrucó hacia mí y empezó a convulsionar. Suave primero, más violento después. Toqué su cara y la tenía mojada por las lágrimas. Se metió a mi carpa y yo no quería, yo no quería —lanzó, martillando incesante las palabras—. Yo no quería, yo no quería. Acerqué mi nariz a su boca y sentí el sabor de su respiración. Tenía el mismo dulzor que a los diez años. Yo tampoco quería, le dije. Tomé su rostro con las dos manos, le sequé las mejillas y le di un beso hondo y pausado. Yo tampoco, repetí, antes de abrazarla y ponerme a llorar.

BESTIAS

Me bajo de la micro en el paradero veinte. Vengo mareada porque estuve tomando con mis compañeras de la U. Es tan tarde, que los locales de la avenida ya tienen las cortinas cerradas y el aire está cubierto por esa neblina espesa que huele a humo añejo, a camanchaca sucia. No anda nadie y eso me asusta. Me dan más miedo los paisajes vacíos que los repletos de gente, no sé por qué. Mi única arma de defensa es arrugar la frente, caminar rápido y esperar que no pase nada malo de aquí a mi casa.

Camino la primera cuadra y escucho que alguien me sigue. Se me aprieta la guata. Puedo adivinar que es una banda de flaites con cuchillas de doble filo o el viejo del saco masturbándose con los pantalones abajo. Me doy vuelta y lo que encuentro es un quiltro. Chico, negro y moviendo la cola.

Es ese típico perro que aparece en la ruta, esos perros que vienen y van, que a una le tocan por azar, como las monedas o los billetes, y que son imposibles de reconocer en un reencuentro. Perro dueño, escuché una vez que se llaman. Me agacho para hacerle cariño y él me muestra la guata. Entonces descubro que le cuelgan las tetas de recién parida. Es de madrugada y anda sola, pienso. Imagino que sale de noche a buscar algo que darle de comer a sus cachorros durante el día. La invito a que me siga y ella se suma. Ahora somos dos trasnochadoras haciendo soberanía por las calles de Gran Avenida.

Caminamos y escucho el tintín de sus patitas detrás de mí y veo cómo su sombra crece y alcanza la mía, en un juego de luces negras y anaranjadas que producen los postes sobre la vereda. Se parece a la Cholita, pienso, la única perra que cumplió su rol de mascota feliz. La Cholita fue una quiltra negra que mi abuela adoptó cuando yo era chica y vivíamos en La Florida. Se supone que era mía y de mi hermano, pero en realidad la perra le respondía a mi abuela. Se acostaba con ella en su cama y se paraba a mirar por la ventana a las diez de la noche, cuando mi abuela estaba por volver del trabajo.

Una tarde se perdió. No sabemos cómo aprendió a salir a la calle, pero ese día, quizá por la calentura del celo, se arrancó. Mi abuela se estaba tiñendo el pelo y salió con una bolsa plástica en la cabeza a preguntar por todo el pasaje si alguien había visto a la Cholita. Nadie, nada. Me acuerdo que lloré, pero no de pena. No había alcanzado a encariñarme tanto con la perra. Lloré porque sabía que había perdido algo mío y a los doce años ya tenía esa noción de propiedad.

Lo que más me dolió de perder a la Cholita es que todos los niños y niñas del pasaje tenían su peluche vivo en el patio delantero. Yo no tenía nada. Una noche decidí corregir ese vacío. Agarré mi cuerda de saltar y mi mochila de campamento y me fui a recorrer otras poblaciones, donde no conociera a nadie con quien sentirme culpable. Encontré perros bravos que en cuanto me acerqué a la reja me tiraron los dientes y encontré casas en las que no se veía nada para adentro porque lo tapaba todo una masa enorme de ligustrinas amarillas. Hasta que en un casa vi a un poodle blanco. Me acerqué y me tendió la cabeza para que le hiciera cariño. Abrí la reja de la casa con cuidado. Estaba sin llave. Las luces apagadas. Entré y le amarré la cuerda al cuello. El poodle se resistió un poco, pero era sumiso y no me costó echarlo a la mochila. Cerré la reja y me fui corriendo con el perro aullando en mi espalda.

Llegué a mi casa y lo amarré a un árbol de limón que estaba al fondo del patio. Fui a la cocina y eché un poco de carbonada en una olla vieja y se lo llevé. El poodle no comió, estaba echado y aullaba. Me arrodillé frente a él y le dije: ahora eres mío. Traté de abrazarlo y se escurrió. Se puso a correr hacia la reja. La cuerda le tiraba del cuello como un látigo y el perro chillaba fuerte y agudo. En ese momento apareció mi abuela. Me retó, dijo que yo estaba haciendo

She comes across as self-centered child, but maybe she is just nodes?

lo mismo que alguien me había hecho a mí al llevarse a la Cholita. Le encontré razón, pero no lo dije.

Mi abuela soltó al poodle y el perro se fue corriendo. Durante mucho tiempo la odié por eso.

Nunca más tuve un perro, salvo los perros dueño que te siguen en la calle. Como ahora, que me acompaña un clon de la Cholita a la que le cuelgan las tetas con leche.

Caminamos. Todos los viernes en la noche hago esta ruta, pero no había visto esta perra. Me cae bien. Empiezo a gruñirle y a saltar de un lado a otro, como una bestia, y ella me *growls* gruñe de vuelta y salta y mueve la cola porque quizá hace cuánto tiempo nadie en la calle le hace alguna gracia. Le acaricio la cabeza y de nuevo me muestra la guata. Y aunque es de noche, veo cómo le caminan las pulgas entre sus tetas rosadas.

Ya estamos a mitad de camino. Con la caminata, el mareo se me pasa y de a poco el vino en caja con Kem Piña empieza a perder su efecto. Pienso que voy a aguacharme a la perra y le voy a dar vienesas y pan remojado en leche cuando lleguemos a mi casa. *mansear?*

Entonces pasa algo horrible.

Vamos llegando al ciber del Gustavo y aparece un pastor alemán (o una mezcla de él) y se le tira encima a la madre perra. Al cuello, como si la perra fuera una antílope y el

mixed breed

quiltro alemán un jaguar. Y yo grito, SUÉLTALA PERRO
DE MIERDA, ALEMÁN DE MIERDA, NAZI DE MIER-
DA. El pastor se la trata de montar y también le muerde
el lomo y la perra chilla y hace mucho que no siento tanto
miedo y me pongo a llorar. Agarro una piedra grande de la
vereda y se la tiro. El alemán se me lanza encima y me aga-
rra el pantalón y siento sus dientes pero más siento cómo
me miran los ojos de la perra herida. Levanto la pierna de-
recha y no sé cómo le pateo la cabeza y el perro retrocede y
entonces corro, corro, corro. Corro como en todas las escenas clichés de las películas donde alguien corre por vivir.

stereotypes herself

Llego a la esquina de San Francisco con El Parrón. Respiro
apenas y me duele una punzada en el costado. Me doy vuelta y veo al perro sobre la perra. Miro hacia adelante y veo la
plaza semi vacía y veo mi casa y pienso en la luz encendida
de la pieza de mi abuela y el traca traca incansable de su
máquina de coser. Pienso, ayudo a la quiltra o no. Aprieto
la guata y vendo a la perra como toda la gente vende y tran-
sa a los perros callejeros. Porque son paisaje, igual que los
vagos o las palomas, que nadie mira cuando duermen en la
calle y nadie echa de menos cuando los autos las aplastan.

she becomes passive
sees the dog as nothing

Entro a mi casa y escucho a mi abuela que grita mi nombre.
No respondo. Me encierro en el baño y me saco el pantalón.
Me baja la sangre desde el muslo hacia el pie. No es mucha,
pero es sangre. Me limpio con confort y saco un gotero de
yodo del botiquín y me echo encima de la herida. Es chica,
pero profunda y pienso que si le cuento a mi abuela me van

a vacunar y prefiero no decir nada, porque ya tuve suficiente con los colmillos del perro alemán.

Me meto a la ducha y luego me acuesto a dormir con el pelo mojado. Sueño con esos monos animados en los que aparecía un perro que era tan feo que usaba una casucha en la cabeza y en mi sueño el perro feo y gigante se quita su casa-máscara y su cabeza es la del perro alemán y abre la boca como un cocodrilo y me persigue a mí porque soy Judas y yo corro y estoy vestida con una túnica y con las sandalias que usan los apóstoles en Jesús de Nazaret.

Al otro día despierto temprano. No tengo caña, pero igual me duele adentro. Salgo de mi casa y mi abuela me pregunta adónde voy. Yo no le digo. Camino hasta la esquina donde abandoné a la madre perra y obviamente ya no está. En el suelo de cemento hay manchas de sangre y tierra. Las toco y me llevo los dedos a la boca y siento el sabor a fierro de la sangre viva. Me toco la herida y ese ardor también me confirma que lo de anoche fue real. Me levanto para volver a mi casa y entonces la veo. Las tetas colgando y cuatro perritos chicos igual de negros que ella se le refugian detrás. Camino y le aviso con los ojos que la voy a buscar. Y ella se queda muy tranquila en la vereda, sin ningún cordel que la amarre a esperarme ahí.

ITALIA

La Italia siempre estaba leyendo un libro. A veces nos tirábamos en el pasto y yo apoyaba la cabeza en sus piernas y ella barría mi cara con su pelo, y me leía las historias de Lemebel o "La noche boca arriba", diciendo *el sueño maravilloso había sido el otro*, con su voz raspada y calma, mientras yo me concentraba en su boca, en sus dientes claros y alineados. La Italia escribía cuentos para el Santiago en 100 palabras y participaba en los talleres de Balmaceda 1215 y a veces yo la iba a buscar a sus clases para que tomáramos helado en el Parque Forestal. La Italia se llamaba Italia porque su mamá se había ido exiliada y se casó con un italiano y cuando volvieron juntos a Chile y tuvieron una hija la bautizaron así, por el triunfo del retorno y para no olvidar cómo era vivir el destierro. La Italia tenía dieciséis y estudiaba en un colegio privado al que podía ir con ropa de calle y al que podía llegar en bicicleta. La Italia en vez de decir abuelos decía *nonos* y hablaba varios idiomas además del español y conocía Europa y sabía que el día que terminara el colegio su vida iba a continuar en otro continente, lejos de acá y lejos de mí.

La primera vez que la vi fue en una clase de pilates, en un gimnasio municipal de Providencia. Usaba la chasquilla gruesa y una cola de caballo larga y ondulada en las puntas. La espié toda la hora a través del espejo. Me gustaron sus pómulos acalorados, sus cejas oscuras y la concavidad de sus piernas delgadas. Imaginé que mi mano encajaría ahí perfectamente. A la salida de la clase le hablé y nos fuimos en bicicleta. Yo vivía en el centro, en el piso veinte de uno de esos edificios nuevos, cerca del Metro Universidad de Chile, y ella en un barrio de casas como las de Mi pobre angelito, al borde del cerro San Cristóbal. Esa primera vez que hablamos pedaleamos por la costanera y la fui a dejar. Su casa me dio miedo: la chimenea, los árboles frondosos, la camioneta gigante estacionada afuera. Nos despedimos y me esforcé en olerla y los días que vinieron me esforcé en prolongar esa ruta entre el gimnasio y su casa. Unas semanas más tarde ya nos enviábamos mensajes por celular y ella me prestaba libros y yo enrollaba mis dedos en las puntas de su cola castaña.

La Italia me escribía cartas en las que juntaba palabras que yo no pensaba que se podían juntar. Me llamaba por teléfono, de madrugada, y en vez de hablar, ponía La Noyée —

ese tema de Amélie— y yo imaginaba que ese acordeón me decía ven o no te vayas o yo también. Con ella no me daba miedo caminar bajo la lluvia sin paraguas o robar libros en las librerías de Bellas Artes. Con ella desaparecían nuestros años de diferencia y me sentía otra vez una escolar. Me gustaba que se llamase Italia y que me contara que en Francia vio la Mona Lisa y es un cuadro minúsculo y que en Inglaterra llueve tanto que no se puede salir a pasear. Yo le preguntaba qué se sentía andar en avión y cómo se veían las nubes desde el aire. Me gustaba su piel pálida y comparar sus lunares café claro con los míos café oscuro. Me gustaba tocarla y sentir cerca una piel como la suya, que yo cuando chica había añorado tanto, porque en mi colegio de barrio todas las morenas estábamos enamoradas del único rubio del curso, que a su vez estaba enamorado de la única rubia, en una lógica que más que racista respondía a las reglas del mercado; a la ley del exceso de oferta morena y la escasez de pelo claro.

A veces salíamos de clases y caminábamos acarreando nuestras bicicletas con las manos. Llegábamos a la costanera y nos tirábamos ahí, entre los árboles, a frotarnos con desesperación, hasta las nueve, diez, once de la noche, cuando la orilla del río era un soplido frío y algunos corredores seguían quemando calorías, vestidos con ropa deportiva de colores fluorescentes.

Al principio todo lo que la Italia me contaba me ponía eufórica, feliz. Escucharla me abría el apetito por saber cómo vivía. Me embriagaba lo curiosa que era y lo estimulada que había crecido. Quería saber qué libros había leído en su niñez, si había hecho ballet o equitación, a qué edad había usado frenillos, cómo había aprendido a nadar. En sus historias, yo reemplazaba a la protagonista por mí y era yo la que corregía sus dientes chuecos a los ocho años, la que había ido a restoranes desde muy chica y había disfrutado platos mucho más complejos que pollo asado con papas fritas. Era yo la que jugaba con tíos que eran cineastas o académicos de la Chile en vez de heladeros o taxistas y era yo la que tenía pieza sola y nadaba los sábados de enero en la piscina de cemento del patio.

Una tarde nos encontramos en la entrada del gimnasio y decidimos faltar a clases. Nos fuimos al Parque Bustamante y compramos una pizza sin carne en un local que estaba frente al café literario. La pedimos para llevar y nos sentamos a comer con los pies metidos en la laguna artificial. Dije que la pizza estaba rica y la Italia se rió y me explicó que no se decía picsa ni pisa ni pitsa, sino que *pizzzza*, como un zancudo estridente. Cuando la Italia me corregía, me inundaba una amargura extraña. Me gustaba que indicara mis errores, sentía que me volvía más fuerte, más válida para estar con ella. Pero al mismo tiempo me dolía no haber nacido con todas esas sabidurías chicas que se supone son necesarias para que una persona ande firme por el mundo.

Nos tiramos en el pasto y la Italia llenó la caja de la pizza con dibujos y frases. Me hubiera gustado guardar esa caja. Leer su letra imprenta y reírme de sus chistes otra vez. Acercamos nuestras narices y hablamos de ella, de mí, pero sobre todo de ella, de las cosas que sabía ella. De los nombres de los árboles y de los pájaros del parque. Saqué un pito y lo fumamos viendo cómo el cielo se oscurecía y las luces del parque se empezaban a encender.

Esa noche la Italia me invitó a su casa por primera vez. Subimos en bici hasta Pedro de Valdivia. Sentía que en vez de pedalear, flotaba y que las luces de los autos se fundían con las de los focos del parque, estallando en mis anteojos, como una aurora boreal anaranjada y verde (la Italia me había explicado qué era la aurora boreal). En el camino compramos una botella de vino que la Italia guardó en su mochila. Entramos a la casa por la cocina y salió a recibirnos su Nana Carmen. Le dijo *mi niña*, seguido de frases de abuela preocupada y le ofreció una leche tibia que la Italia rechazó. La Nana Carmen me saludó amorosa y al ver que la Italia no quería nada, se guardó como un conejo en una pieza que estaba conectada con la cocina.

Subimos al segundo piso tomadas de la mano, por una escalera de peldaños de madera gruesa. Ella adelante y yo detrás. Aunque estaba oscuro, me fijé en sus piernas delgadas, en la curvatura en la que yo sabía que mi mano podía encajar. Entramos a un dormitorio grande, tan grande que mi departamento cabía completo. Su cama era de dos plazas y eso también me sorprendió, porque en mi mundo las camas grandes eran para los matrimonios, para los papás;

las camas de hijos eran camas de una plaza o eran camarotes para compartir y pelear con el hermano chico.

La Italia se tiró al suelo y se olvidó de encender la luz y de abrir el vino. Me recosté a su lado y la besé y su boca sabía a agua limpia, a papel de revista brillante. No podía verla, pero la sentía. Toqué la curvatura de sus piernas y me inundó un hormigueo. Toqué sus pechos por debajo de la polera y eran suaves y eran pequeños y los imaginé rosados sobre una piel blanca. Encajamos nuestras piernas y me apreté contra ella y ella se apretó contra mí. Imaginé sus pómulos acalorados como en clases de pilates y acaricié su cuello con mi nariz y me quedé allí, con la cabeza apoyada en su hombro, quejándome, jadeando, escuchando sus gritos contenidos. Me saqué la ropa de pilates y ella se sacó la suya y metí mi lengua en su ombligo y volví a su boca y ella lamió mi pecho izquierdo como una guagua hambrienta y ahí no aguanté más y en pocos segundos morí aplastándola con mis calzones.

Nos quedamos tiradas en el suelo, con la piel pegada. Después, nos acostamos en su cama y nos dormimos ahí. Lo que más recuerdo de esa noche son las sábanas. Eran las más blancas y suaves en las que yo había dormido alguna vez.

Al otro día, su papá nos despertó temprano, golpeando la puerta para que bajáramos a tomar desayuno. En la mesa había (al mismo tiempo) jugo de frutilla (natural), queso (varios tipos) y granola (creo). Sus papás eran igual de conversadores que ella. Hablaron sobre su trabajo. Él era ingeniero en alguna parte y ella era dramaturga y profesora universitaria. Comentaban la actualidad con la radio Cooperativa de fondo y me preguntaban qué hacía yo, cómo había conocido a la Italia. Les conté de las clases de pilates y de mí, que recién había terminado Pedagogía Básica, que estaba trabajando en una escuelita en Recoleta y que hace poco me había venido a vivir al centro, a un departamento que esperaba comprar algún día. No me preguntaron qué hacía mi familia o dónde vivía antes. No por falta de interés, sino por delicadeza. O por educación, como diría mi papá.

Terminamos de comer y la Nana Carmen recogió la mesa y la Italia me invitó a un recorrido por la casa. Las murallas eran blancas y los ventanales enormes, enmarcados en bordes de madera limpia y barnizada. Había objetos extraños, como relojes a cuerda, planchas de hierro y vitrolas de diferentes tamaños, que la Italia me enseñó a echar a andar. Había un piano que —me explicó hastiada la Italia— *jaded wearily* ella no volvería a tocar jamás. En el muro contra el que estaba acomodado el piano había una especie de santuario a Italia (Italia el país) con cuadros, fotos y reliquias que no entendí, junto a dos escudos de los apellidos de la familia.

Como a las once, la mamá de la Italia ofreció llevarme hasta el centro en su auto. Iba a dar una clase en la Católica, a niños talentosos de colegios de todo Santiago o algo así. Yo hubiera preferido irme sola en bicicleta, pero no pude evadir la propuesta: era la Italia y su mamá contra mí.

Subí a la pieza de la Italia a buscar mis cosas y estando allí me fijé en los detalles de su habitación. Era la de una princesa docta, una Barbie artista. Había una guitarra, muchos libros, cuadros pintados por ella y un escritorio de madera frente a la ventana. Era una casa de teleserie. Sobre el velador estaba su carné. Se veía muy niña en la foto, debía tener trece años. Lo tomé rápido y lo guardé en mi bolsillo. Luego, bajé al primer piso como si nada, como si no acabara de secuestrar un pedazo de la Italia para llevarlo conmigo.

Nos subimos al auto. El papá nos ayudó a cargar la bicicleta. La Italia quiso acompañarnos y se sentó de copiloto. Yo me instalé atrás, sola. La Italia ponía discos para que conociera esas cantantes francesas que en mi vida yo había escuchado y que a ella le gustaban tanto. La mamá y la hija conversaban y me daban la palabra como quien tira una pelota para jugar a las quemaditas. Yo respondía corto, sin consistencia. Iba absorta mirando por la ventana, sumergida en el corazón de Providencia, en el verdor intenso de sus calles y en la magnitud cinematográfica de sus casas.

Doblamos por Avenida Portugal y la mamá estacionó el auto y me ofreció un billete, preguntándome si tenía cargada la Bip!, si necesitaba plata para llegar a mi casa. Yo contesté con honestidad que no, que muchas gracias, que me movía en bici. La Italia me miró con las cejas arrugadas y la mamá bufó. Yo no entendí.

Bajé la bicicleta con torpeza y la Italia se despidió con un gesto frío, que me desconcertó. Al llegar a mi casa, abrí el refri, metí el carné de la Italia y no volví a sacarlo de ahí.

Las semanas siguientes nos vimos en pilates y no siempre fui a dejarla a su casa. Los mensajes por celular y las llamadas nocturnas empezaron a disminuir. La Italia se distanció de mí y yo de ella, de manera lenta pero sostenida, como dos trozos de tierra en la deriva continental. Ya no disfrutaba jugando a reemplazarla en sus historias. Me dolía que ese ejercicio fuese sólo una posibilidad. Tenía miedo de que llegara el momento de invitarla a mi casa. No me veía llevándola hasta Quilicura en micro, presentándole a mi mamá, cada día más rubia y más gorda; a mi papá, hablando con la boca llena frente a la tele; a una versión grisácea y desganada de mí misma, sentada en ese living minúsculo con piso de flexit.

Entonces me escondí. Dejé de ir a pilates, cambié el celular. Hasta que no la vi más. Sin embargo, puedo adivinar perfectamente qué fue de ella. Sé que terminó el colegio, que le fue increíble en la prueba para entrar a la universidad y que de todos modos se fue a Europa, con sus *nonos*. Sé que al final se instaló en Florencia o Barcelona o una ciudad así, de película del Normadie, para estudiar fotografía o pintura o teatro con marionetas. Sé que trabajó allá, de garzona primero y en un centro cultural después. Sé que se emparejó con algún europeo alto y que vivió con él en un departamento con vista abierta a alguna ciudad antigua e iluminada.

A veces pedaleaba por Santiago y me imaginaba que podía encontrarla. También pensaba que quizá ella me vería pasar y pensaría en mí, que añoraría las tardes que gastamos leyendo sobre el pasto de algún parque. Me gustaba fantasear con la posibilidad de ser vista por la Italia, y jamás enterarme de ello.

Una noche pasé en bicicleta por el Barrio Bellavista, frente a una de esas librerías donde entrábamos a liberar libros, como decía ella, pensando que era un lugar propicio para topármela. Entonces apareció. Llevaba el pelo muy corto, a lo Twiggy. Salía de la librería con un grupo de personas, riendo con sus dientes grandes. Nos cruzamos. Fue rápido, algo de un segundo. Me clavé en su cara y el pecho se me acaloró, alegre o asustado, no sé. Ella me miró por ese instinto humano de responder a una mirada ajena, para defendernos de un posible cazador. Me pareció ver en su rostro una chispa de nostalgia, aunque no estoy segura. No me detuve a confirmarlo. Solamente moví las piernas con fuerza, aumentando cada vez más la velocidad por la vereda.

ROCKERITO83@YAHOO.ES

Nunca le he contado esto a nadie. Una vez tuve un pololo virtual. Un ciber novio. Un tipo que conocí por internet al que llamaba por teléfono para decirle te amo.

Lo conocí por Napster, que fue el primer programa con el que se pudo bajar música de internet. En esa época no existía Google ni Pirate Bay ni WhatsApp. Las páginas web eran hojas de word llenas de gifs animados pixelados y había que conectarse a través de la línea del teléfono, en un ritual que sonaba como chicharreos de robot enfermo. Ahora pienso que esa era de internet era una mierda, que Napster era una mierda, porque la conexión era tan lenta que se podía bajar sólo una canción por noche y si la persona que te compartía el archivo se desconectaba, se cancelaba la descarga y una se quedaba con las ganas de escuchar los hits de la Alanis Morrissette o de Lucybell.

Napster tenía un chat, una ventanita en la que le podías decir a alguien "hola, amigo, no te desconectes porque estoy bajando una canción :)" y así asegurarte de descargar completo el mp3. En Napster yo me llamaba Punkito. Aunque me gustaba escuchar pop y rock suave, en mi interior quería ser punk. Una vez había ido a Santiago y había visto a unos flacos parados en la calle Bandera con la ropa negra y manchada de cloro y me pareció lo más trasgresor y admirable que había. Por eso había decidido teñirme unos mechones rojos y vestirme sólo de negro. Y era Punkito y no Punkita porque había descubierto que si te ponías nickname masculino los hombres te joteaban menos.

Era sábado en la noche, el único momento de la semana en que mi mamá me dejaba conectarme a internet (así salía más barato y no le ocupaba la línea de teléfono) y estaba descargando Flema para saber cómo sonaba el punk. De repente alguien me habló. "Wena, weón", dijo. No sé por qué no mentí. Le contesté y le aclaré que yo era mujer. Empezamos a conversar. Ya ni me acuerdo de qué. Lo que sí sé es que dijimos nuestros nombres verdaderos —Camila, Javier—, intercambiamos números de ICQ, de ahí nos agregamos a messenger y al poco tiempo nos enviábamos emoticones de corazón.

En ese tiempo yo vivía en Codegua, un pueblo de la sexta región. Iba en octavo básico en la escuela E-86, donde hacía clases mi mamá, y era de las pocas personas que tenía computador. Mi papá era contador en la mina y lo había comprado por su trabajo. Vivíamos en una casa con una rueda de carreta en la entrada y un sitio profundo hacia atrás. Crecí jugando en la acequia, escalando higueras y paltos. Pero cuando cumplí trece años Codegua me pareció una lata. Le pedía permiso a mi mamá y me iba a Santiago en tren, para ir al Eurocentro y comprar parches y posters de las bandas que descargaba por Napster. A veces me sentaba sola en la plaza de Codegua, afuera del cementerio, y escuchaba en un discman los temas que bajaba de internet. No conocía a nadie más que le importara definirse a partir de un estilo musical. Por eso me gustaba internet, porque ahí encontraba gente como el Javier.

El Javier era de Valdivia. Tocaba guitarra y su email era rockerito83@yahoo.es. El mío era dark_maiden_1988@mixmail.com. El Javier fue la primera persona que conocí que sabía tanto de música. Leía revistas que encargaba por correo, veía documentales sobre cantantes gringos de los años 70 y escuchaba bandas que no sonaban en la radio. Con él descubrí grupos que me acompañan hasta hoy. Con él migré del punk al grunge y del grunge al brit pop. El Javier tenía cinco años más que yo. Estaba en cuarto medio porque había repetido un curso y quería ser abogado cuando terminara el liceo.

El Javier no fue el único tipo con el que enganché por internet. Hubo varios antes. Uno de Santiago que no sé cómo me agregó a messenger y me preguntó si yo era virgen. Le respondí que sí, con un emoticón sonrojado. Entonces se ofreció para ser el primero, para ayudarme a vivir una noche tranquila y sin traumas. Según él, ya lo había hecho con varias niñas. Me acuerdo que anoté su teléfono en mi diario de vida y lo pensé como una posibilidad real.

Otra vez, en el chat de la Rock&Pop, conocí a un niño que vivía en Quilpué, de diecisiete años, que me gustó porque en sus fotos tenía los ojos verdes. A él le mentí, le dije que no era virgen. Me pidió el teléfono y me llamó. Dijo un montón de posiciones y me metió la lengua por partes que yo no sabía que la lengua podía entrar.

Con ellos nunca me junté. Con otros sí. Como el Gonzalo, que vivía en San Bernardo, a pocos minutos en tren desde Graneros, el pueblo vecino (y rival) de Codegua. Nos juntamos en la plaza de San Bernardo y me invitó a un Danky. También le mentí, le dije que tenía quince años en vez de trece. A esa junta fui con mi polera de los Ramones que había comprado en la ropa usada. No nos dimos un beso porque él estaba enamorado de una niña que había conocido por internet y que vivía en México.

Otro de San Bernardo fue el Lautaro, un metalero flaco y de pelo largo que olía agrio. La primera vez que nos vimos llegué en bus hasta Estación Central. Estaba lloviendo. Caminamos de la mano por la Alameda hasta un bar que se llamaba Entre Latas y ahí él se tomó un schop mientras me daba besos con lengua. Cuando volvimos a la estación, me dijo que entráramos por un pasillo que era la salida de emergencia del cine Hoyts. Subimos por una escalera larga y al llegar a la cima, abrimos la puerta y salimos a una especie de balcón, una terraza chica, como de escenografía de teatro. Era de noche. El Lautaro me abrazó y miramos las gotas que se traslucían al caer cerca de los faroles y miramos los trenes y las personas con paraguas de colores, saliendo y entrando de la estación.

Después, el Lautaro se convirtió en un curado idiota, que me llamaba de madrugada y me escribía correos terribles. De él, lo único bueno que guardo es esa postal lluviosa.

El Javier jamás me preguntó si era virgen ni me obligó a escuchar calenturas por teléfono. Chateábamos sobre lo cotidiano. Yo le contaba si andaba con la regla o si me peleaba con mi mamá. Y él, lo mismo: cómo pasaba los días viviendo con su mamá en la casa de su abuela, cómo la ayudaba a atender un negocio de ropa femenina, cómo le daba rabia ser el hijo olvidado de un dentista famoso de Valdivia.

Creo que enganchamos porque nos conocimos justo en un momento de cambio para los dos. Cuando yo salí de octavo y me cambié a un colegio de Santiago, al Internado Nacional Femenino, y él dio la prueba y entró a la Universidad Austral.

Éramos diarios de vida virtuales e interactivos. Yo le enviaba mails una vez a la semana, en los que le contaba que estudiar interna era raro. Ya no tenía que obedecerle a mis papás, pero sí a las mamis del liceo. Le contaba de la biblioteca, que era gigante y tenía más libros que todos los libros que había en Codegua. Le hablaba de mis compañeras, que venían de Santiago, de Viña y hasta de Linares, que en sus familias las mujeres eran temporeras o dueñas de casa y que por eso ellas estudiaban, para no repetir la historia de sus madres.

El Javier también me escribía sobre sus descubrimientos. Decía que la Universidad Austral era un parque, que intercambiaba discos con sus compañeros y que los viernes carreteaba pesado. Me contaba que había aprendido lo que era una asamblea y que había conocido compañeros que leían tanto que parecían profes. Que circulaban fotocopias de manifiestos trotskistas y las cartas que Gramsci escribía estando preso.

Había fines de semana en los que me olvidaba del Javier, del chat y de los mails, y pedía permiso a mis papás para quedarme en la casa de la Claudia, cerca del Club Hípico. Nos íbamos a la Quinta Normal y nos juntábamos con los del Internado Nacional Barros Arana, algo así como nuestro liceo en versión masculina. En esas juntas aprendí a fumar y agarré con tipos que me gustaban porque tenían los mismos parches que yo en la mochila. Los invitábamos donde la Claudia, poníamos la música que se escuchaba en la Blondie y tomábamos con la luz apagada, encerrados en su pieza.

Ese primer año fue tan efervescente, que con el Javier nos olvidamos un poco. Él a mí, yo a él. El segundo año la cosa se calmó. Yo me puse las pilas con los estudios —porque aprendí, gracias al Javier, que las notas eran tan importantes como el puntaje para entrar a la universidad— y el Javier se concentró más porque se había echado un par de ramos. Volvimos a chatear los viernes y pensamos nuevas formas de mantener el vínculo. Por ejemplo, pedimos el mismo regalo de navidad: un celular Entel, para ser de la misma compañía y que hablar nos saliera barato.

Yo tenía el celular siempre conmigo, metido en el sostén. Me iba al baño y hablaba ahí o le escribía mensajes de texto en un idioma chat comprimido que sólo entendíamos los dos. Exprimía los 160 caracteres para contarle cómo me había ido en una prueba o lo pesada que era la mami de Química. Nos enviábamos mensajes a diario, hablábamos largo una vez a la semana y nos pinchábamos cada una hora. Esa llamada perdida era para decir, oye, te quiero, me acordé de ti. Cuando no hablábamos, releía una y otra vez sus mensajes, durante horas. Imaginaba su cara en esas letras. Sentía que sus textos atraían su presencia.

Me gustaba la voz del Javier. Era suave, se notaba que no era un fanático del fútbol ni un tipo que resuelve los problemas a puñetes. Me decía *rockerita* y yo le decía *rockerito*. A veces despertaba en la mañana y me había dejado mensajes en el buzón de voz: él, tocando en guitarra 1979, de los Smashing Pumpkins. También me dejaba pasajes de libros, como extractos del capítulo siete de Rayuela, diciendo que yo era la Maga y que algún día nos íbamos a reunir en París.

Ese año también empezamos a escribirnos cartas a mano. Convencí a mis papás de que me carteaba con una compañera del internado que vivía en Valdivia. En los sobres, el Javier me adjuntaba fotocopias de las revistas que leía, con entrevistas a Thom Yorke o los poemas de Patti Smith. Al reverso de las hojas escribía sobre nosotros, con letra imprenta y lápiz pasta azul. Me gustaba leerlo, sus palabras me dejaban la misma sensación rica que encontraba en algunos libros.

En ese tiempo, recién, empecé a cuestionarme que nunca nos hubiéramos visto.

Como no teníamos webcam, le pregunté por qué en su próxima carta no me adjuntaba una foto. Que yo podía enviarle una mía. El Javier evadía el tema y se las ingeniaba para decirme que no. Al final, un día, me mandó una por mail. Estaba mal escaneada y se veía apenas. Un tipo con jeans, polera de Nirvana y zapatillas blancas. Miraba a la cámara, semi agachado, sosteniendo una guitarra. La cara seria y el pelo largo desordenado. De fondo: un árbol de navidad y ese típico mueble con vasos y fotos familiares. No era una imagen para ponerle rostro al Javier, pero fue lo único que me dio.

Yo compré un rollo y le pedí a la Claudia que me tomara fotos. Me puse mi mejor pinta —jeans a la cadera, chapulinas y una polera que decía Abercrombie & Fitch que compré en la feria y que me dejaba la guata al aire— y posé en el

Parque O'Higgins y en el metro, para verme como una mujer de ciudad y no una huasa.

Cuando vio mis fotos, el Javier dijo que no podía creer que una niñita como yo lo quisiera a él. Yo necesitaba saber cómo era el niñito que me quería a mí. Empecé a pedirle detalles: cómo es tu contextura, de qué color tenís el pelo, con qué ropa andai, cómo es tu pieza, en qué orientación está la cama. Y él decía, soy flaco, chupado de flaco; el pelo café, uso jeans y zapatillas, en la pieza tengo el computador, la tele, una repisa y la cama de dos plazas, con la cabecera hacia el sur. Y yo soñaba con esa pieza, con dormir acurrucada allí alguna vez.

Ya llevábamos, no sé, cuatro años y empecé a exigir que nos tomáramos esto en serio. Que nos viéramos, al menos, una vez al mes. Saqué la cuenta de la distancia, eran 800 kilómetros de su ciudad a la mía. Ese número se volvió mi cábala. Me emocionaba si me cobraban 800 pesos en un negocio o compraba el número ocho si me ofrecían una rifa. Calculaba, si los buses van a cien por hora y estamos a 800 kilómetros, son ocho horas de viaje. Le decía al Javier, por qué no vienes, yo te pago los pasajes, lo tomas a las doce y llegas en la mañana, ven, ven, ven. Y él, que no tengo plata, que mi mamá, que los estudios.

Nos peleamos. Fueron varias peleas chicas y luego una grande. Terminamos, o algo así. El Javier me hacía llamadas perdidas y yo no las respondía. No quería leer sus mails. Ni hablarle ni contestarle. Estaba furiosa, decidida a no pescarlo más. Y lo hice: lo mandé a la mierda.

Pero un día me envió un mensaje. Corto, conciso. Decía: murió mi abuela.

Lo llamé. Nunca lo había escuchado llorar. Habló del cuerpo de su abuela enfriándose, de que la vistió, de que cargó en sus hombros el cajón en el cementerio. Lo consolé y estuve triste porque él estaba triste. La muerte fue una tregua. Seguimos con el vínculo, sin exigir visitas ni reivindicar que nos convirtiéramos en una pareja normal.

A los pocos meses, salí de cuarto medio. Di la prueba, empecé a despedirme del internado, que había sido mi casa durante cuatro años. Con las niñas habíamos ahorrado desde tercero medio para irnos de gira de estudios. Ese fin de año, en diciembre, nuestra profesora jefe, la mami Cecilia, nos confirmó que nos íbamos al sur, porque había conseguido hospedaje en el internado de Hornopirén, en la décima región, la misma en la que vivía el Javier.

Lo llamé en cuanto supe. Yo estaba en éxtasis. Eran dos viajes que esperaba hace mucho.

Contratamos un bus viejo que nos pasó a buscar al liceo. Partimos a las ocho de la mañana y empezamos un viaje que duraría casi veinte horas. Por la ventana, el paisaje se fue transformando de cerros áridos a selva húmeda. Después de matar las horas fumando a escondidas al fondo del bus, cantar en guitarra los temas de Los Prisioneros y ayudar con bolsas a las compañeras que vomitaban, llegamos al fin a Hornopirén. Era precioso, un pueblito más pueblito que Codegua, de calles sin nombre y bandurrias que suenan todo el tiempo.

El primer día nos instalamos en el internado, que estaba vacío porque los cursos estaban de vacaciones. Escarbamos todos los rincones para explorar cómo era un internado de hombres. Encontramos catálogos de ropa interior de Avon y revistas "Vida afectiva y sexualidad" debajo de los colchones. Lo pasamos tan bien que la semana de viaje se nos pasó volando. Fuimos a las termas de un parque nacional, jugamos a la pelota en el gimnasio municipal y despedimos el último día con un curanto triste, de pura papa y sin mariscos.

Durante esos días, hablé poco con el Javier, sólo le avisé que de vuelta, el bus iba a parar en Valdivia, que en ese momento nos podíamos juntar. Quedamos de vernos el día que yo llegara a Valdivia, después de almuerzo, en la plaza municipal.

No dormí en ese viaje. Miré por la ventana todo el camino, calculando que cada kilómetro que avanzábamos era un kilómetro más cerca del Javier.

Nos bajamos cerca en el río Calle-Calle. No había estado antes en Valdivia y me pareció precioso, un poco alemán, eso sí, pero me encantó la idea de vivir en una ciudad con un río así de grande y navegable, tan distinto al cauce seco de Codegua. Nos tomamos fotos con los lobos marinos y después fuimos a almorzar. Al terminar de comer, salimos a la calle. Sin que la mami Cecilia me viera, doblé una esquina cualquiera y partí a la plaza.

Me senté en una banca. Eran casi las cuatro de la tarde. Le envié un mensaje al Javier: estoy acá. Él me contestó altiro: voy.

Estaba tan nerviosa que me sudaban las manos y el estómago me bailaba. Golpeaba el suelo con los pies como en una marcha militar. Pensé que iba a vomitar de la ansiedad.

Miré a la gente en la plaza. Miré a las personas jóvenes que se acercaban a la plaza. A las cuatro y cuarto vi a un tipo alto, de piel clara y barba oscura, caminando hacia a mí. Era lindo. Le daría un beso si fuera el Javier, pensé. Llegó a mi lado y pasó de largo. No era. Lo miré alejarse. Estaba en eso y escuché una voz: hola, Camila.

Una sierra me rajó el pecho. Lo miré. No era como en las fotos. No era flaco y no tenía los dientes como el hijo de un dentista. Era feo, era un tipo feo al que yo jamás le daría un beso.

Se sentó al lado y empezó a hablar. Sentí su olor, el olor de sus cartas, pero no era él, no podía ser el Javier. Habló como lo hacía al teléfono. Con esa voz que me gustaba. Dijo que ese día tenía una fiesta en su casa, que quizá yo podía ir. Dijo en vivo lo mismo que escribía por mail. Dijo *rockerita* y se acercó para darme un beso. Yo no hablaba, quería salir corriendo. Pensaba, en qué mierda me metí.

Le respondí el beso. Fue áspero y salado. Imaginé que era el Lautaro o uno de los niños del INBA. Lo abracé para matar rápido el momento, para no mirarlo. Sentí su cuerpo enorme y su ropa transpirada. Dijo que me quería y a mí el romanticismo se me acabó de una. Esperé exactos diez minutos y dije que tenía que irme, que me esperaba el bus. Insistí para acompañarlo a la micro. Le di un beso corto y lo abracé. Le dije que lo quería, con los ojos apretados, imaginando a un Javier que no existía, que yo me había inventado.

Caminé hasta el río y tiré el celular al agua. Encontré a mis compañeras, me hice la perdida, la asaltada, y aproveché la confusión para reclamar y llorar con rabia.

Esa noche carreteamos en Valdivia. Fuimos a una disco. Bailé moviendo mucho el cuerpo y conocí a un tipo que me agarré porque me gustó, porque me entró por la vista. Nos dimos besos hasta que nos dio calor y nos tocamos por debajo de la ropa, como siempre había querido que fuera con el Javier.

Al otro día volvimos a Santiago. Tomé el tren y cuando llegué a mi casa, mi mamá me preguntó cómo lo había pasado. Bien, le contesté. Pusimos la mesa para tomar once y comimos con la tele encendida. Después, dije que venía cansada y me encerré en mi pieza. Saqué la caja donde guardaba las cartas del Javier y los cassettes que tenían grabados sus mensajes de voz. Enredé las cintas en un ovillo café irrecuperable y rompí las cartas en pedacitos muy chicos. Luego eché todo en una bolsa de basura y lo boté.

BIENVENIDA A SAN BERNARDO

La primera vez que fui a San Bernardo con el Lautaro, caminamos por una calle de árboles gruesos y viejos, hacia la plaza. En una esquina, un tipo metió un cable a un teléfono público, por el espacio donde cae el vuelto de las monedas. Hizo un forcejeo, un baile preciso con el brazo, y el teléfono azul de Telefónica vomitó un montón de monedas de cien pesos. El Lautaro se cagó de la risa. Me miró y dijo: bienvenida a San Bernardo.

Pasamos a una botillería y el Lautaro compró una botella de vodka naranja para mí, para enseñarme a tomar "tragos de mina". Él se compró una de pisco. Caminamos a la casa de la cultura y ahí nos tiramos en el pasto, a darnos besos y a movernos cuerpo contra cuerpo, como si estuviésemos culiando. Alrededor pasaba alguna gente, pero no nos importaba. Yo agarraba su cabeza y la sentía muy chica, igual que sus manos y su pene. El cuerpo del Lautaro era como una estrella: se hacía cada vez más angosto en las extremidades, en las puntas.

Esa tarde me fue a dejar en tren hasta Graneros. Nos despedimos en la estación. Yo fui a tomar el colectivo a Codegua, el Lautaro compró otro pasaje y se cambió de andén, para volver a su casa, a seguir tomando. Solo, me imagino.

Nos juntamos, no sé, cuatro veces, y me aburrí. Para mí, hasta ese momento, las relaciones y las amistades por internet eran menos reales, eran tangentes que desaparecían cuando apagaba el computador. Entonces dejé de pescarlo, como quien cambia de canal porque la tele le aburrió. Y asumí que esa liviandad era recíproca. Pero no. El Lautaro se volvió insistente en las llamadas por teléfono a mi casa a cualquier hora, en enviarme mails larguísimos en los que hablaba de todo lo que trabajaba y estudiaba para construirnos un futuro —para mí y para *nuestros hijos*— y en demostrarme sus atributos viriles con fotos en calzoncillos; argumentos que antes que convencerme, me aterraban. Después de meses de temer que apareciera en mi casa o a la salida del colegio, le escribí el mail más corto, honesto y efectivo que he escrito alguna vez: Córtala, Lautaro, prefiero comer caca que estar contigo.

Pasó el tiempo y entré a estudiar Ingeniería Química a la Usach, cumpliendo el sueño frustrado de mi papá de ser ingeniero. Lo que más me gustó de esa época fue llegar a un lugar nuevo, donde nadie me conocía y donde podía hacer con libertad las cosas que es feo que haga una mujer, esas cosas que nos prohibían las mamis del internado de señoritas. Comía completos a cualquier hora, tomaba ron hasta caerme inconsciente y me acostaba con quien quería. Y sin embargo —que es lo que más le hubiera ardido a las mamis— igual me sacaba buenas notas.

También fue bonito oler la intensidad política de la U. Las asambleas, los murales feos y combativos, las referencias a Víctor Jara. Eso que se aprende por el hecho de estar ahí, haciendo la hora tirada en el pasto y no encerrada en la sala.

Otro trofeíto que guardo de la Usach fue conocer a la Paty. Fue la primera persona con la que hablé y con quien me alié para no morir el día del mechoneo. Con la Paty nos parecíamos tanto que la gente creía que éramos una sola persona que respondía a nombres distintos. En realidad no nos parecíamos. La Paty vivía con su familia en un departamento gigante en Santa Lucía y sus papás eran empresarios. Era del perfil que estudió en colegio privado de monjas, que hubiera preferido entrar a la Católica y que en la postulación a las becas tuvo que achicar el ingreso de su familia para que le dieran pase escolar. De su casa, me sorprendían los crucifijos y la cantidad de zapatillas que tenía. De la mía, decía ella, la sorprendía la biblioteca y la colección de piedritas ahuecadas, trabajadas por algún pueblo originario, que mi mamá desenterraba del patio y luego acomodaba en el living.

En fin, nos hicimos amigas, mejores amigas, y un fin de semana de agosto, en el que me quedé en su casa, salimos a carretear al cumpleaños de un amigo de su pololo. Tomamos una micro rumbo a San Bernardo, en Estación Central. Yo fui con Chávez, un compañero de la U que me gustaba y con el que había tenido algo que esperaba reflotar esa noche.

Nos bajamos de la micro y caminamos hacia la línea del tren. En el camino nos fumamos un pito pegajoso que me dejó viendo lento, con espacios entrecortados, como si viviera en Memento.

Llegamos a una casa de villa, una de esas típicas casas pareadas de un piso, construidas con ladrillo princesa, que tienen un ventanal y la puerta en el frontis; esas casas de subsidio, que son iguales en La Florida, Maipú y San Bernardo. Saludamos a la gente y en especial al cumpleañero. Me presenté con un beso en la mejilla, diciendo: hola, Camila. Y él contestó: hola, yo me llamo Lautaro.

Se me paró el cerebro y a la vez empezó a funcionar muy rápido, a establecer relaciones y conclusiones en segundos cortos. Pensé, ¿cuántas personas jóvenes conoces que se llamen Lautaro?, ¿cuántas personas jóvenes conoces que se llamen Lautaro y que además vivan en San Bernardo? Lo miré y sí, era él, pero con la cara hinchada y el pelo recortado. Me hice la tonta. Sonreí y me fui a un rincón a contarle todo disimuladamente a la Paty, a pedirle que me sacara de ahí, porque no iba a sobrevivir si me quedaba tomando en esa casa.

La Paty fue a otro lado del living a conversar con su pololo y en ese espacio en que me quedé sola, llegó a hablarme el Lautaro. Dijo muchas cosas, me invitó a su pieza a conocer el computador gracias al que nos habíamos conocido, al patio a mirar unas pesas que se había comprado, a la cocina a conocer a sus papás. Y entre toda la mierda que habló, lo que más recuerdo es que al principio dijo: hola, Camila, bienvenida a mi casa, bienvenida a San Bernardo.

No entendía por qué el Lautaro estaba ahí si yo lo había borrado de mi computador. Quería achicarme dentro de una botella o volverme invisible con un anillo. De repente vi a Chávez, sentado en la mesa del comedor, tomando en una taza y mirándome con odio, como si hablar con el Lautaro fuera una provocación, un insulto a su hombría. Lo que pasó después es difuso. Chávez lanzó el tazón al medio del living y se esparcieron los pedazos y sus gritos en un efecto Matrix poblacional. El Lautaro se le tiró encima y sonaba punk y empezó un pogo cuya coordinación consistía en dar patadas y acertar combos. Salí de la casa. Corrí por la calle hacia un punto de fuga impreciso, mientras alguien gritaba mi nombre. Sólo recuerdo los árboles gruesos y viejos de esa parte de San Bernardo.

EL KIOSCO

El ministerio me mandó a Cholchol a estudiar el kiosco de un liceo público. Cholchol era entonces —y todavía es— una comuna chica, de campo, con calles sin señalización ni semáforos, cuyo edificio más grande era un galpón de Lily, el supermercado local. Y sin embargo, el liceo preparaba a sus estudiantes en carreras citadinas e industriales, como administración de empresas o contabilidad.

Había llegado una nueva directora al liceo. En educación, ése es un factor de mejora importantísimo, el segundo después del profesor. Entre las ideas energizadoras de esta directora recién llegada estaba la de generar espacios de práctica profesional a partir de un kiosco.

Por eso yo estaba ahí, en el aeropuerto de Pudahuel, rumbo a Temuco, enfrentando uno de mis primeros trabajos des-

pués de salir de la universidad y también uno de mis primeros viajes en avión. Antes, sólo había volado a Buenos Aires
(a comprar libros, especialmente de Eric Hobsbawm) y me
había impactado el buen trato de las azafatas y la magnitud
de Los Andes. Hasta ese primer viaje, yo imaginaba que la
cordillera era una enorme letra A, una especie de pirámide
simple y breve, como la que dibujaría un niño. Cuando la
sobrevolé, no podía creer que fuera tan ancha, tan rugosa.
Eran filas y filas y cordones y cordones de montaña, agru-
pados uno al lado del otro, como las lomas de arena que el
viento peina en la playa.

El vuelo a Temuco fue corto, casi una hora. Aterricé al me-
diodía. En el aeropuerto pagué un taxi y partí a Cholchol.

Yo no conocía la Araucanía. Lo que sabía de la región lo había escuchado en las noticias, que hablaban de fuego, armas
y resistencia. Al salir del aeropuerto, el paisaje me pareció
verde y tranquilo y mucho menos indígena de lo que esperaba. Lo único sobre pueblos originarios que encontré fue
una simbología en el puente para entrar a Temuco y unas
estatuas en la plaza del centro. Me pregunté dónde estaban
los mapuches rabiosos que mostraban las noticias.

El liceo de Cholchol, como todas las escuelas públicas de
Chile, estaba frente a la plaza, en un circuito de edificios
que incluía al municipio, la iglesia y la comisaría. Al entrar al liceo me recibió la directora, una mujer sonriente
de pelo teñido rubio. Luego me contaría que durante diez

años había sido la directora de un colegio particular sub-vencionado. En esa época (antes de la gran reforma edu-cativa) existían colegios privados financiados por el Es-tado. Algo rarísimo. Yo había estudiado toda mi vida en ese tipo de colegios. La gente con plata iba a colegios cien por ciento privados y la gente más pobre estudiaba en las escuelas públicas gratuitas. Quienes estábamos al medio estudiábamos en los establecimientos de financiamiento mezclado. La directora me explicó que había llegado al li-ceo público de Cholchol porque estaba a punto de jubilar y quería donar sus últimos años a una causa social.

Después de saludarnos, la mujer me invitó a conocer el colegio. Me mostró, con orgullo, los cambios que había gestionado en apenas unos meses: puertas en los baños, instrumentos para la sala de música y pintura para las fa-chadas. Dijo que había gastado todo el presupuesto del año. Para el siguiente, quería comprar cortinas y plantar árbo-les. Se le notó la vergüenza cuando habló de lo pendiente. Nadie quiere un colegio con bancos rayados, pisos rotos y niños con mocos en la cara; pero se veía motivada y eso, pensábamos en el ministerio, era suficiente para levantar una escuela.

Tras una vuelta corta, volvimos a su oficina para la entre-vista. Me sirvió galletas Fruna y un té que sabía a papel. Conversamos sobre el proyecto, sobre la idea innovadora de que los alumnos y alumnas realizaran su práctica profe-sional en un kiosco escolar.

Mientras la directora hablaba, yo especulaba sobre el kiosco. Lo imaginaba como el casino de mi colegio particular subvencionado, al que le decíamos kiosco. Era un salón amplio, iluminado, en el que nos sentábamos a ver tele o a jugar a las láminas. La tía que lo atendía vendía dulces y completos. Comprar uno de esos completos en los recreos era signo de opulencia. Eran exquisitos. La mayo era Hellmann's, el pan Ideal y la palta cremosa. Hasta hoy esa mezcla me parece la más perfecta para preparar un buen completo.

Fui punto por punto aplicando el cuestionario a la directora, mientras intentaba tragarme el té. Al terminar las preguntas, le pedí conocer el kiosco.

—Ah, claro —dijo ella—. Primero la llevo a que converse con el profesor de contabilidad.

Estaba dentro de mis planes entrevistar a ese profe, que era uno de los que, me habían dicho, incorporaba la práctica del kiosco a sus clases teóricas. Antes necesitaba o quería mirar el kiosco. Pero la directora partió decidida a buscar al profe y no me dio tiempo de contradecirla.

Caminamos por un pasillo angosto y oscuro. El colegio entero era una especie de laberinto de madera. Lo habían ampliado sin planificación y había salas unidas a pasillos que no conectaban a ninguna parte. Parecía una toma de terreno y no un colegio. Había basura en los rincones y las ventanas tenían dibujos de penes y confesiones amorosas.

Algunos niños corrían entre los pabellones de madera, como perros callejeros, salvajes e inocentes.

Llegamos al pabellón de tercero medio y la directora golpeó la puerta y abrió sin esperar respuesta. Entramos a una sala de clases con diez estudiantes (no eran más, tengo la certeza, en esa época se esfumaba la matrícula de los colegios públicos). Había más mujeres que hombres. Eran adolescentes y estaban sentadas frente a unos equipos que eran la versión más primigenia y aparatosa de un computador. Las pantallas parecían microondas y los procesadores, maletas de viaje. En las pantallas se veía una hoja de word en blanco.

El profesor estaba sentado adelante, frente al curso. En realidad estaba echado, somnoliento sobre la única silla acolchada de la sala.

—Estamos aprendiendo a armar un currículum —dijo el profesor, con la energía de quien le toca madrugar y quiere seguir durmiendo.

El aire estaba tieso, como si nadie hablara hace horas. Miré mi reloj y calculé que la clase había empezado hace 50 minutos. Llevaban casi una hora en la sala y las pantallas todavía mostraban hojas en blanco.

Me presenté y el curso me saludó sin ganas. La directora le explicó al profesor que yo era asistente social del Mineduc y que necesitaba hacerle una entrevista "muy cortita" en la biblioteca. Cuando salimos, los estudiantes seguían igual de lánguidos, como si en vez de adolescentes fueran desahuciados de un asilo.

La biblioteca era una sala chica, con seis libreros. Me fijé en los títulos y encontré los clásicos, Gabriel García Márquez, Miguel de Cervantes y Gabriela Mistral. Había pocas copias de cada uno y muchas enciclopedias Océano y diccionarios Zig-Zag. Los libros se veían nuevos y eso me sorprendió. Una biblioteca desgastada es mucho menos triste que una impecable y sin uso.

La entrevista fue corta. El profesor hablaba con monosílabos y era malo hilando frases o analizando su práctica pedagógica. Era como si jamás se hubiese sentado a pensar en su propio trabajo. Modulaba tan mal, que no parecía una persona que a diario trabajase exponiendo ideas en público. Le apliqué el cuestionario rápido y marqué la punta de la hoja con una equis, para recordar que había sido pésima y que quizá debiese descartarla.

Al terminar, el profesor me acompañó a la oficina de la directora. Allí, acomodé mis cosas y pedí el baño. La directora me ofreció el suyo con mucha hospitalidad. Era para su uso privado. Cuando entré, encontré un espacio chico, pero con buen olor. Tenía papel, jabón y hasta una toalla. La diferencia con el baño de los estudiantes me impresionó. Pensé, la dignidad de un colegio puede medirse en la limpieza de sus baños.

Salí y la directora me invitó al otro extremo del liceo, a buscar al tío Manolito, un hombre moreno y de cotona azul, que nos llevaría por fin al kiosco. Caminamos hacia un patio chico y encontramos a Manolito dentro de una pieza construida con cholguán. Tomaba té en bolsa y pulía unas herramientas. En cuanto nos vio, se limpió la cara con la manga, pescó un llavero que estaba sobre la mesa y, con actitud servicial, nos invitó a seguirlo.

Entramos a otro pasillo, igual de angosto y húmedo que los demás, y aparecimos en un tercer patio, un descampado de tierra. Algún día, dijo la directora, esperaban construir allí el gimnasio del colegio. Querían partir instalando un techo alto, tipo galpón, para que los niños tuvieran donde jugar en los días de lluvia. En medio de ese baldío, como una palmera en una isla, estaba el kiosco.

Cuando lo vi, el pecho se me apretó y se me acaloró la cara. Tuve que disimular mi impacto. Era una cajita de lata más chica que los kioscos que venden diarios y revistas en la calle. Estaba muy mal pintado, como con témpera amarilla, roja y verde y ya se estaba descascarando. Parecía un baño químico olvidado en un peladero. Entre más nos acercábamos, más incomodidad sentía y más me costaba encontrar algo que decir.

—Los mismos estudiantes lo pintaron —dijo la directora, contemplando el kiosco.

—Muy bonito —dije, con el mayor convencimiento que pude.

—¿Quiere verlo por dentro? —ofreció Manolito, introduciendo una llave en el candado que enlazaba la cadena de seguridad.

Dije que sí con la cabeza. Manolito abrió la puerta y adentro el panorama fue peor. Era oscuro y olía a respiración. Era tan minúsculo que apenas cabía una mesa. Me fijé en el piso, unas tablas de madera vieja y deslavada. Sobre una de las paredes de latón, había una hoja de cuaderno universitario, que decía LISTA DE PRECIOS y detallaba: papas fritas, bebidas, galletas, suflé. Nada costaba más de 300 pesos.

—Está bueno, ¿verdad? —dijo la directora.

Dije que sí otra vez con la cabeza y me esforcé por sonreír.

***

Esa tarde, entrevisté a tres estudiantes de tercero medio que hacían su práctica profesional en el kiosco. Las tres vivían internas en el liceo. Eran morenas, rellenas y con apellido mapuche. Dos ya habían tenido guagua, la otra quería ganar alguna beca y estudiar en Puerto Montt. Eran lindas y salvajes, como las flores amarillas que crecen en la orilla de la carretera. Las acompañé toda la tarde y las vi vender suflés y chocolates, anotar el flujo de caja en un cuaderno y organizar sus productos en una rejilla plástica muy chica. Sus compañeros de curso les decían "gerentas" y ellas sonreían al escuchar ese apodo. Me daba pudor estudiarlas, traducir sus vidas a términos teóricos.

Les apliqué la pauta de preguntas con la mayor insensibilidad que pude, como un médico que desliga el cuerpo del paciente, de la identidad de la persona.

***

Luego de ese primer viaje, fui varias veces a la Araucanía y vi escenas y conocí gente que todavía recuerdo. Estuve en colegios de Nueva Imperial, Freire y Puerto Saavedra. Encontré a los mapuches de las noticias en los apellidos de los cuadros de honor de los liceos públicos. Marinao, Catrileo, Traipi. Todos muy morenos, todos con promedio siete. Conversé con una niña cuyo papá trabajaba en una forestal y su mamá era dirigenta de su comunidad. Vi a un hombre construir una ruka con sus manos y a un joven de dieciséis años nadar en un río de agua fría y transparente. Anduve en auto durante horas, viendo bosques de arrayanes y el reflejo del sol en el Budi, el único lago salado de Latinoamérica. Y cada vez tuve que aplicar la misma técnica medicinal: disociar los contextos y los términos teóricos, de los nombres y las personas.

***

Al terminar los cuestionarios que necesitaba, pasé por la oficina de la directora del liceo de Cholchol para despedirme. Ella me abrazó con fuerza y aseguró que podía regresar cuando quisiera.

Salí del liceo y caminé hacia la única bomba de bencina del pueblo, para preguntar cómo volver a Temuco. Lo poco que sabía de Cholchol es que allí jamás lograría tomar un taxi. Un joven vestido de Copec me explicó que el último bus ya había pasado, pero que si me paraba en la orilla del camino alguien podría llevarme. Eso hice. Esperé, viendo pasar a la gente, a pie o en bicicleta, andando como si la vida fuese siempre domingo. Pasó una hora y una señora de pelo canoso llegó a esperar conmigo. Casi a las seis de la tarde se detuvo una camioneta blanca. Nos subimos. Ella de copiloto y yo atrás. La señora y el conductor no se conocían, pero conversaban como amigos entrañables. Yo viajé sin hablar, escuchando sus risas y mirando por la ventana, admirando el cielo y el verde inevitable de la Araucanía.

QUILTRAS

Me acuerdo del comedor lleno de caca de paloma. Me acuerdo de las manchas, eran como la mezcla de blanco y gris en la paleta de un pintor, pero secas y poniéndose verde oscuro, fosilizándose en el techo, en el suelo, en las ventanas, en la mesa al lado de nuestros tapers con arroz con huevo o con porotos con rienda, calentados en el único microondas del casino. Me acuerdo que todo era cemento o era tierra. Me acuerdo del baño, con las tazas vomitando litros y litros de agua, regurgitando lo que alguien había depositado hace días, semanas o meses. Me acuerdo que había que entrar al baño aguantando la respiración o respirando por la boca. Los pies chapoteaban y una se mojaba igual que en los días de lluvia, cuando la Gran Avenida se inundaba. Todavía se inunda así. Me acuerdo que había que pedirle confort al inspector en el recreo y todo el colegio te veía hablar con el viejo de delantal blanco, pasándote un pedazo de papel medio café, áspero y enrollado, y lo que originalmente pretendías hacer en privado se hacía público. Me acuerdo de la biblioteca siempre cerrada. La única vez que entramos nos robamos dos libros. Yo uno de Fuguet porque su nombre me sonaba de la radio y tú uno de Hemingway sin saber quién era. Me acuerdo de las salas frías en invierno y apestosas en verano. De los bancos rayados, de los vidrios rotos, de la pizarra quebrada.

Me acuerdo de ti, de tu primer día de clases. Llegaste y no le conversaste a nadie, sólo le respondiste a quien te habló. Te sentaste cerca de las tres amigas que quedaron embarazadas. Una seguida de la otra, en orden, como si se hubieran puesto de acuerdo. Te preguntaron por qué te habías cambiado de colegio. Yo también me pregunté por qué llegabas al curso casi a mitad de año. Te escuché dar una explicación corta, no la que le hubieras dado a tu mejor amiga, ésa que dejaste en tu colegio anterior y que, más tarde, reemplazaría yo. Dijiste que te habías venido a Santiago con tu mamá y por eso te habías cambiado de colegio. Sólo eso. Luego supe que nunca habías querido el cambio, que tu ex colegio era mucho más caro, grande y bonito que el honorable Liceo Polivalente Ministro Abdón Cifuentes de La Cisterna. Después supe lo de tus papás, que tu mamá había echado a tu viejo porque ya no quería ser la esposa-amante de su ex marido, que se buscó un pololo y encontró a un viejo gordo que se pasaba los domingos tirado en la cama durmiendo la mona. Supe que tenías una hermana de tu misma edad, hija de tu papá en una familia paralela, pero que ella estudiaba en un liceo emblemático mientras tú estudiabas acá, con las palomas haciéndose caca en el comedor y en el gimnasio y en las salas y en el baño y en las mesas y en nosotros. El trío de futuras mamás te preguntó cómo se llamaba tu ex colegio y abrieron unos ojos enormes cuando dijiste Buin English School College o algo así. Te preguntaron si hablabas inglés y dijiste que sí, que sabías rezar y no sé por qué empezaste el Padre Nuestro, *Our father, who are in heaven.* Y ellas con la boca abierta, por la risa o el pánico. Te pidieron el Ave María y tú obediente empezaste *Holy Mary, mother of god* y al final, como buena niña, te persignaste *In the name of the father and the son and the holy ghost,* amén. Todavía me acuerdo, todavía sé rezar como tú, porque yo no rezaba ni en español, pero al escucharte quise aprender. Me imaginé que dios podría escucharme mejor en inglés, que rezar en otro idioma podría acortar las largas distancias, podría ser un carrier que facilitaría la forma en que le enviaría a dios mi enorme petitorio de demandas y quejas. Recé mucho, pero las ayudas nunca llegaron. Quizá porque mi inglés nunca ha sido bueno.

Al otro día te hablé, te dije que almorzáramos juntas y de ahí no nos despegamos más. Teníamos cosas en común. Nuestras casas eran como réplicas. Quizá todas las mamás solas se parecen, se caen en las mismas tonteras, se buscan hombres parecidos. Mi mamá había enviudado hace años de mi papá; tu mamá estaba separada. Eran dos mujeres abandonadas, pero la mía no tenía pololos chantas. En cambio tú dormías con el pestillo puesto y los fines de semana te ibas donde tu abuela porque con el copete y el carrete en tu casa no podías leer ni hacer las tareas. Mi mamá no tenía pololo pero tenía a mi hermano, que era lo mismo, con la diferencia de que ni ella ni yo íbamos a poder expulsarlo de nuestras vidas, nunca. Mi mamá era nana, la tuya vendía productos Avon. Tu papá era camionero y como tenía su propia máquina igual ganaba bien, pero dejó de ayudarlas cuando tu mamá lo echó. Fue su venganza. Mi papá había tenido un negocio de pollos asados en Estación Central, que funcionó hasta que se enfermó. De ahí todo se jodió. El cáncer no se acaba si la persona se muere, sigue en forma de deudas, de embargos y de vivir de allegados. Tú también vivías en una casa ajena cuando recién te viniste a Santiago, una especie de palomera a la que nunca me invitaste a entrar y que me mostraste por fuera. Apuntaste al entretecho y dijiste ésa es mi pieza, pero pieza no significaba dormitorio, sino hogar. Al tiempo te cambiaste a un departamento en El Parrón cerca de Santa Rosa, que pagaba la nueva pareja de tu mamá.

Lo bueno fue que nos juntamos. Se te ocurrió que podíamos hacerle las tareas a las más porras del curso y cobrarles luca por cada guía resuelta. Una vez, le cobré dos mil quinientos a la Yamna Parra por una línea de tiempo que la muy maldita jamás me pagó. Todavía me acuerdo y me duelen las dos lucas. Yamna Perra le decíamos después. También empezamos el preu. Tú lo encontraste y yo te seguí. Quedaba en Beauchef y nos hacían clases los estudiantes de primero de Ingeniería (o Injeniería), de Historia y de Literatura. Era la raja ir a la universidad sin ser universitaria, entrar a ese edificio gigante y milenario, vestidas con ropa de calle y jugar a que el futuro era prometedor si es que estudiábamos. Era lo máximo pasar al Parque O'Higgins después de clases los días sábado, escuchar cómo gritaba la gente en Fantasilandia y comer empanadas fritas paradas afuera del metro.

Los viernes en la tarde nos íbamos a tu casa y hacíamos alfajores para vender en los recreos del preu, así teníamos plata para tomar helado y para pagar el colectivo si volvíamos muy tarde a San Bernardo, yo, a San Ramón, tú. Tierra de santos la Gran Avenida. Me acuerdo que nos sentábamos a pensar cómo hacer cundir el chocolate de los alfajores. Partimos cincuenta y cincuenta con la manteca, de ahí cuarenta y sesenta y al final le poníamos como medio pan de manteca por una punta miserable de chocolate.

En esa época te pusiste a pololear. De todo el curso, te quedaste con el más flacuchento y ñoño, te quedaste con el Francisco.

El Francisco andaba con el Jonás para todos lados. Yo fui compañera suya desde séptimo, el parcito no se separaba nunca. Pensábamos que eran fletos y los molestábamos, pero cuando apareciste tú en cuarto y empezaste con el Francisco, nos dimos cuenta de que sólo eran mamones. _suckers_ Además, lo confirmaste. Tu mamá había salido a un bingo con su pololo y el Francisco fue a tu casa y lo hicieron en tu pieza, tirados en el suelo. Luego cada uno se puso la ropa del otro y jugaron a cambiarse los roles, tú te hiciste bigotes y él se pintó los labios y las uñas y se fue así a su casa, vestido de mujer, pero en taxi porque le dio miedo caminar por Fernández Albano y cruzarse con los nazis en el camino. Yo no me había acostado con nadie porque no tenía dónde y el basquetbolista que me agarraba en el preu nunca se avispaba a invitarme a su casa. Entonces nos apretujábamos en el metro o en el pasto del parque y eso era lo más cercano que había estado de mi primera vez.

Te pusiste a pololear y lo ideal hubiera sido tú con el Francisco y yo con el Jonás, pero era raro el loco, buen amigo, lo quise harto, pero no era como para tener algo más. Igual hacíamos hartas cosas. Los pololos y sus mejores amigos, los cuatro juntos. Nos iban a buscar al preu a veces y caminábamos hasta la Alameda, viendo esas casas enormes del Santiago antiguo, soñando con arrendar una porque íbamos a ser amigos para siempre. Y jugábamos a escondernos del Francisco o a sacarte los cuadernos de la mochila y rayarte un punto y escribir con letras enormes DISCULPA POR EL PUNTO y a cantar tirados en el pasto. Si andábamos con plata, comíamos completos en un carrito del Club Hípico y con el vuelto íbamos al local de taca-tacas que estaba en la otra cuadra. Si andábamos sin niuno, que era la mayoría de las veces, entrábamos al supermercado y robábamos pan y robábamos cajas de Vizzio, que pensábamos que eran los chocolates más finos que alguien podía comer en el mundo.

Hasta que el Francisco estuvo de cumpleaños.

Cumplía dieciocho el mismo día que se cumplían dieciocho años del NO. Para esa fecha siempre se cortaba la luz y había bombas de ruido, nada grave, pero igual fome carretear sin corriente. El Francisco quería celebrar el cumpleaños ese día como fuera y como sus papás alemanes venidos a menos le decían todo que sí, lo celebró nomás. A nosotras, en cambio, nuestras mamás con apellidos tan repetidos que terminaban siendo anónimos nos decían todo que no. A mí me daban permiso para salir un fin de semana al mes y a ti igual. Habíamos ido a las fondas para el dieciocho, entonces el 5 de octubre era demasiado pronto para un nuevo permiso. Me la jugué y tú también, pero a ti no te dejaron. Tu vieja te dijo que sí primero, pero el mismo viernes en la noche, cuando estabas lista para salir, inventó cualquier excusa para dejarte en la casa. Que no habías hecho bien el aseo, que al otro día tenías que ir al preu, que quién iba a ir a la feria el domingo. Puras tonteras. No fuiste y aquí es como esas paradojas temporales, esos giros de las películas que tienen viajes en el tiempo, en las que una nunca tiene plena certeza de que las cosas pudieron ser diferentes si uno de los factores hubiera sido distinto. Entonces nunca sabré si con tu presencia esa noche, lo que pasó pudo evitarse.

No viniste a la fiesta del Francisco y él se encerró en el baño a tomarse una botella solo. Le golpeábamos la puerta y no pescaba. Lloraba, gritaba y te llamaba, decía que sólo te iba a abrir a ti. Se puso idiota, curado cargante. Esperó a que se fueran sus papás para empezar el show, porque antes todo bien, todo normal. Había comida rica, me acuerdo, la mamá hizo hartas cosas. Comimos completos (con una mayo casera mortal), alfajores caseros (los nuestros eran mejores, por lejos) y muchas bebidas (de marcas reales, nada de Líder ni Tommy Cola). La mamá se fue con el papá no sé adónde y nos dejaron solos en la casa. Entonces los cabros fueron a comprar y llegaron con vino en caja, un chimbombo y dos botellas de una piscola asquerosa que ya venía combinada. Yo no tomé, mi hermano se hubiera puesto furia. Y el Francisco agarró una de las botellas y se encerró en el baño. Jugoso y fundido. No lo pesqué, me fui al living y ahí estuve, con los demás. La Yamna, ésa que nunca me pagó mis dos lucas, puso Ricardo Montaner. Era una cabra chica y escuchaba a ese viejo rancio. ¿Te acuerdas que tenía fotos pegadas en los cuadernos? Bueno, puso su música y empezó a moverse sola al medio del living y al final terminamos bailando y gritando EN EL ÚLTIMO LUGAR DEL MUNDO, LUEGO DE LA CORDILLERA. Mientras el Francisco seguía en el baño y parecía que nadie lo iba sacar de su trance de desamor exagerado.

Como a las tres se cortó la luz. Al principio no importó, incluso fue divertido, pero al rato fue incómodo y la gente se empezó a ir. Me quedé yo con el Jonás solamente. Con una linterna, fuimos a sacar al Francisco del baño. Tenía un olor tóxico, que sólo he sentido una vez antes, cuando mi hermano llegó curado con un amigo a la casa. Mi hermano estaba mal, pero su amigo peor. Lo tendimos en la tina por si se vomitaba y se quedó ahí, pálido, dormido, inconsciente o muerto, no sé, y tenía este olor, como a hachís si es que el hachís huele a algo (cuando dicen hachís me imagino este olor), un aroma ácido, punzante, como a marihuana filtrada por alcohol en un proceso de evaporación o de destilación, que sucede únicamente dentro del cuerpo.

Rescatamos al Francisco y lo tiramos en la cama de los papás. El Jonás también estaba curado, pero no tanto como el Francisco. Nos acostamos los tres, el Jonás al medio, el Francisco al rincón y yo en la orilla. Lo que pasó a continuación es confuso. Quizá debí irme para la otra pieza, quizá debí acostar al Jonás en otro lado, quizá debiste venir al carrete y lo confuso ahora sería claro.

Estamos acostados y siento que se mueven, que la cama se mueve y los escucho gemir y escucho el chasquido de sus bocas y me doy cuenta de que están agarrando. Me acuerdo que los molestábamos por maricones en la básica. No sé si es la primera vez que se dan un beso o no. No sé. ¿Qué hago? Estoy paralizada, están detrás de mí y siento que la cama se mueve y no los veo, pero sé perfectamente lo que están haciendo. Me imagino sus penes chocando uno contra otro, supongo que así atinan los hombres. Pienso en ti, pienso en mi hermano, que si los viera sacaría un bate y le pegaría a los dos. ¿Por qué no aparece la tía y ve al par de asquerosos? Ojalá llegara el papá del Francisco y les sacara la cresta. Pienso en ti, dónde estás, por qué no viniste, si estuvieras aquí nada de esto estaría pasando. Me pongo a rezar, en inglés y en español, para quedarme dormida. Dios, hazme dormir, plis. No me importan ellos, hazme dormir a mí, sácame de acá. Se siguen moviendo. Cierro los ojos, los aprieto fuerte, me tapo los oídos y deseo con toda mi alma apagarme entera, igual que la luz en todo el sector. Luego no me acuerdo de nada.

Me quedé dormida, gracias a dios o gracias a los nervios. A lo mejor perdí el conocimiento del puro impacto, no sé. Al otro día desperté y los vi durmiendo en la misma posición que yo los había acostado. Tomé mis cosas y me fui. La reja estaba cerrada y la salté porque no quise despertar a nadie. Cuando iba para mi casa arriba de la micro en lo único que pensaba era en ti, en cómo te iba a contar. Trataba de aclarar mis recuerdos, de hacerme preguntas para estar segura de que no me había pasado rollos, de que era real, de que estaba sobria. Sentí la boca salivosa. Toqué el timbre mucho antes de llegar a mi casa, en Los Morros, me bajé, me apoyé en el basurero del paradero y vomité.

***

El lunes siguiente no encontré el momento para hablarte. El Jonás y el Francisco seguían igual, tocando guitarra y comiendo chicle sentados en el pasillo. El Francisco te abrazaba y el Jonás te echaba la talla, como si el cumpleaños hubiera sido cualquier otro carrete. Yo los miraba y no podía pensar en otra cosa que en sus penes juntándose y en el olor a marihuana con copete que salía de sus bocas.

***

El resto del año se me hizo eterno. Cada vez que estábamos solas pensaba en el cumpleaños del Francisco. Sabía que tenía que contarte, pero no hallaba el momento. Sentía que era hacerte un daño innecesario. Así que olvidé. O hice como si olvidara.

***

Llegó diciembre y dimos la prueba con tanta confianza como temor. Si en algo se parecían nuestras mamás era en la presión con la que nos criaron. Tú en Buin y yo en San Bernardo, crecimos separadas y sin embargo a la distancia nos quedábamos dormidas escuchando las mismas historias de terror: que si no estudiábamos la íbamos a tener igual de difícil que nuestros papás y que no ir a la universidad sería la peor deshonra para la familia.

El día que dieron los resultados fuimos juntas a la sala del profe de computación, porque ninguna de las dos tenía internet en la casa. El profe nos contó que había estado revisando los puntajes del curso y que los nuestros eran los únicos que salvaban. Recuerdo que no nos fue mal, pero estuvimos súper lejos de un puntaje nacional. El profe compró el diario y vimos una noticia que decía que nuestro puntaje correspondía al de una niña que vivía en Ñuñoa, hija de profesionales con sueldos arriba del millón de pesos. Nunca entendí lo que medía la prueba, lo que en realidad reflejaban esos puntos.

Mi hermano me había dicho que estudiara Ingeniería Comercial y postulé a eso, en la UTEM. Tú querías estudiar Literatura o Teatro y te alcanzaba sólo en Valparaíso. Le pediste el teléfono al profe y salimos al pasillo a llamar a tu mamá. Le preguntaste si te podía ayudar para irte y escuché su respuesta porque gritaba, que adónde la viste, que con qué plata, que llamaras a tu papá, que a Valparaíso quería irse la linda. Le cortaste y te sentaste en el suelo, agarrándote la cabeza con las manos. Entonces sentí que tenía que decirte lo del Francisco. Siempre recuerdo tu cara en ese momento. Yo me confesaba ante ti y tú te mantenías callada y demasiado tiesa. Cuando reaccionaste, pensé que te ibas a desmayar o que ibas empezar a llorar con escándalo. Abriste la boca y dijiste que te ibas a Valpo, que ibas a trabajar allá, que ahí verías cómo lo ibas a hacer. Me dio pena pero no me sorprendí. Siempre habías estado en otra parte, desde el día que llegaste al colegio que nunca habías estado verdaderamente aquí.

***

Trabajaste todo el verano en el Plaza Vespucio, de lunes a sábado, para juntar plata. Yo conseguí pega de empaque en un supermercado de Santa Rosa. A veces iba al teléfono público y te llamaba. Nunca podías juntarte, siempre tenías algo que hacer en tu casa o en el trabajo. Nos vimos una semana antes de tu viaje, a fines de febrero. Tomamos helados en el McDonald's del paradero 18 y me contaste que estabas lista para irte al puerto. Esa palabra usaste, "el puerto". Habías arrendado una pensión y ya tenías pega de mesera en un local de chorrillanas. Yo te conté que estaba matriculada en la universidad y luego de eso no hablamos mucho más. Me respondías con monosílabos y mirabas por la ventana. El helado se derretía en tu mano. Fuimos al paradero de tu micro. Nos despedimos y te abracé fuerte. Tú no me apretaste tanto y eso me dolió. Fue un anuncio. Antes de subirte a la micro, me dijiste que habías terminado con el Francisco. Asentí con la cabeza y no tuve que preguntar por qué.

***

Me llamaste al final del semestre. Yo me había echado la mitad de los ramos pero me dio vergüenza confesarlo. Dije que estaba contenta, forzándome a sonreír en el teléfono. Tú me contaste que te salías de la universidad y que te ibas a Argentina con tu papá, que había dejado a su otra esposa y se iba de camionero a la pampa. Le pedí sólo un techo, dijiste, y nunca me habías sonado tan huérfana. Supongo que te fuiste a Argentina, porque no supe más de ti. Hasta la semana pasada.

Fui al persa de Franklin a comprar ollas y me atendió tu mamá. Entré y me reconoció altiro, yo no a ella. Me saludó gritando mi nombre y yo muy descuadrada sonreí para ser amable. Cuando la reconocí me asusté, fue como encontrarme con mi papá. Quizá si un día se me aparece el fantasma de mi papá así me voy a sentir. Me contó que la operaron. Agarró mi mano y la puso sobre el vacío donde alguna vez estuvo su pecho izquierdo. Le pregunté por ti y me dijo que la última vez que te vio fue cuando dejaste Valparaíso y pasaste por la casa a buscar tus cosas para irte definitivamente a Argentina. Dijo que la llamabas para los cumpleaños y para el día de la madre, pero que nunca te veía. Me contó que terminaste de estudiar, que trabajabas dando clases y que tenías un pololo gringo con el que te ibas a ir a Europa. Ahora sí que no la voy a ver más, dijo tu mamá. Se quedó callada y por decir cualquier cosa me preguntó cómo estaba yo, cómo estaban los chiquillos. Le dije que bien, que nos veíamos a veces. No le conté que el Francisco se había metido a los gendarmes y que el Jonás trabajaba como cajero, que los había eliminado a ellos y a todo el paradero 20 de mi registro, que prefería a mis amigos de la universidad y que ya no hablaba de Gran Avenida, que me concentraba en vivir mi presente en Santiago Centro, en mi nuevo departamento para el que estaba comprando ollas.

Tu mamá volvió a hablar de ti, dijo que en el ciber había visto unas fotos tuyas y que estabas tan bonita. Me pidió que te llamara, apostó que si yo te buscaba a lo mejor te dignabas a atravesar la cordillera para visitar a quienes habías abandonado. Me hizo prometer que te iba a escribir, que te iba a buscar. Me pidió mi teléfono y dijo que me iba a llamar para enviarme tus datos.

El número de teléfono al que te llamé estaba equivocado y el correo electrónico al que te escribí me rebotó. Contacté a tu mamá de nuevo para que corroborara la información, dijo que me iba a llamar de vuelta pero no lo hizo. En vez de enviar otro mail a la nada, me metí a la página de una aerolínea y compré un pasaje a Buenos Aires. No sé por qué, nunca he sido impulsiva. Llegué a la universidad donde dijo tu mamá que trabajabas y pregunté por ti. Dije que era una prima chilena que te visitaba de sorpresa y fue fácil que me dieran tu dirección. Así llegué a tu departamento.

Por eso ahora estoy aquí, en el tercer piso de tu edificio, frente al número 36. Toco el timbre. ¿Qué más voy a hacer si ya estoy acá? Siento unos pasos acercarse a la entrada. Tus pasos, supongo. Se mueve la manilla. Cierro los ojos y respiro hondo por última vez, imaginando tu cara o la primera palabra que vas a decir cuando abras la puerta y me veas parada al otro lado del umbral.

Made in the USA
Las Vegas, NV
11 August 2022

53042730R10052